Beowulf

Y cómo se enfrentó a Grendel

- un mito anglosajón

Beowulf

And how he fought Grendel

- an Anglo-Saxon Epic

mantra

Los anglosajones llegaron a las islas británicas en el siglo IV.
Beowulf es la épica vernácula más antigua, escrita en inglés tradicional (anglosajón).
El único manuscrito que existe de este poema épico data del siglo X, a pesar de que algunos de los eventos en él descritos se remontan al siglo VI. El poema contiene referencias a lugares, eventos y personajes reales, aunque no existe evidencia histórica de que Beowulf haya existido de verdad.
Los "Geats" eran los pobladores del sur de Suecia, y los eventos descritos en esta historia se desarrollan en Dinamarca.
El fallecido J R R Tolkien fue profesor de anglosajón en la universidad de Oxford. Se inspiró en Beowulf y la mitología anglosajona cuando escribió *El señor de los anillos*. Se espera que esta versión simplificada, de una parte del mito de Beowulf, inspire a los lectores a leer el maravilloso original.

The Anglo-Saxons came to the British shores in the fourth century.
Beowulf is the earliest known European vernacular epic written in Old English (Anglo-Saxon). The only surviving manuscript of the epic poem dates from the tenth century, although the events are thought to have taken place in the sixth century. The poem contains references to real places, people and events, although there is no historical evidence to Beowulf himself having existed.
The Geats were the southern Swedish people and the events in this story take place in Denmark.
The late J R R Tolkien was Professor of Anglo-Saxon at Oxford and he drew on *Beowulf* and Anglo-Saxon mythology when he wrote *Lord of the Rings*.
It is hoped that this simplified version of part of the Beowulf legend will inspire readers to look at the magnificent original.

Some Anglo-Saxon kennings and their meanings:

Flood timber or swimming timber - ship

Candle of the world - sun

Swan road or swan riding - sea

Ray of light in battle - sword

Play wood - harp

Text copyright © 2004 Henriette Barkow
Dual language & Illustrations copyright © 2004 Mantra Lingua
All rights reserved
A CIP record for this book is available
from the British Library.

First published 2004 by Mantra Lingua
5 Alexandra Grove,
London N12 8NU
www.mantralingua.com

Beowulf

Beowulf

Adapted by Henriette Barkow
Illustrated by Alan Down

Spanish translation by Maria Helena Thomas

MANTRA

Tale of GRendel,
eatures
h Terrible MMonsrtosity
and Eviel

And so The GReat HE
Beownlf son of the N
o f THE massiev t
slayer

¿Has escuchado?

   Dicen que si hay mucho hablar y mucha risa Grendel vendrá y te llevará con él. ¿No conoces a Grendel? Entonces me figuro que tampoco conocerás a Beowulf. Escucha con atención y te contaré la historia del mejor soldado Geat, y de cómo luchó contra el diabólico monstruo, Grendel.

Did you hear that?

   They say that if there is too much talking and laughter, Grendel will come and drag you away. You don't know about Grendel? Then I suppose you don't know about Beowulf either. Listen closely and I will tell you the story of the greatest Geat warrior and how he fought the vile monster, Grendel.

Hace más de mil años el rey danés Hrothgar decidió construir un recinto enorme para celebrar las victorias de sus fieles soldados. Cuando el recinto estuvo listo le puso el nombre de Heorot y proclamó que sería un lugar de festejos y entrega de premios. Heorot sobresalía en el desolado paisaje de ciénagas, sus torres blancas se divisaban a muchas millas de distancia.

More than a thousand years ago the Danish King Hrothgar decided to build a great hall to celebrate the victories of his loyal warriors. When the hall was finished he named it Heorot and proclaimed that it should be a place for feasting, and for the bestowing of gifts. Heorot towered over the desolate marshy landscape. Its white gables could be seen for miles.

En una oscura noche sin luna Hrothgar celebró su primer banquete en el recinto, donde se sirvió a los soldados y a sus esposas la mejor comida y la mejor cerveza.

On a dark and moonless night Hrothgar held his first great banquet in the main hall. There was the finest food and ale for all the warriors and their wives. There were minstrels and musicians too.

Había músicos y cantantes y el jolgorio podía escucharse a lo largo de las ciénagas y hasta las oscuras aguas donde vivía un ser diabólico.

Grendel, antes humano y ahora una criatura cruel y sedienta de sangre. Grendel, quien ya no es hombre aunque partes de su cuerpo lo parezcan.

Their joyous sounds could be heard all across the marshes to the dark blue waters, where an evil being lived.

Grendel - once a human, but now a cruel and bloodthirsty creature. Grendel - no longer a man, but still with some human features.

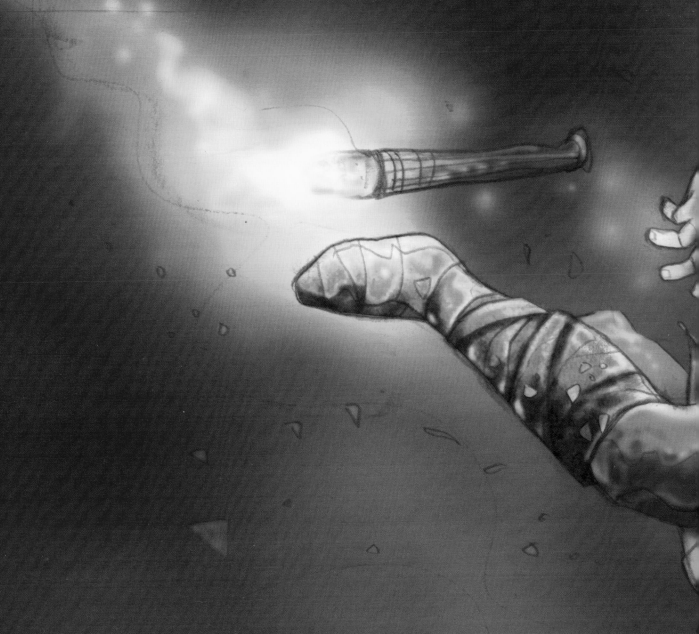

Grendel estaba sumamente enfadado con
el alegre ruido que provenía del recinto. Esa misma noche, más tarde,
cuando el rey y la reina se habían retirado a sus habitaciones y todos los
soldados estaban dormidos, Grendel atravesó sigilosamente la impregnada
ciénaga. Cuando llegó a la puerta la encontró cerrada, pero la abrió con un
empujón enorme. Grendel estaba dentro del recinto.

Grendel was much angered by the sounds of merriment that came from the hall.
Late that night, when the king and queen had retired to their rooms, and all the
warriors were asleep, Grendel crept across the squelching marshes. When he reached
the door he found it barred. With one mighty blow he pushed the door open. Then
Grendel was inside.

Esa noche, en ese recinto, Grendel asesinó a treinta de los soldados más valientes de Hrothgar. Les rompió el cuello con sus manos en forma de garra y les bebió la sangre antes de hincar sus dientes en la carne. Cuando no quedaba ni un soldado Grendel regresó a su oscura y maloliente guarida bajo las aguas de la ciénaga.

That night, in that hall, Grendel slaughtered thirty of Hrothgar's bravest warriors. He snapped their necks with his claw like hands, and drank their blood, before sinking his teeth into their flesh. When none were left alive Grendel returned to his dark dank home beneath the watery waves.

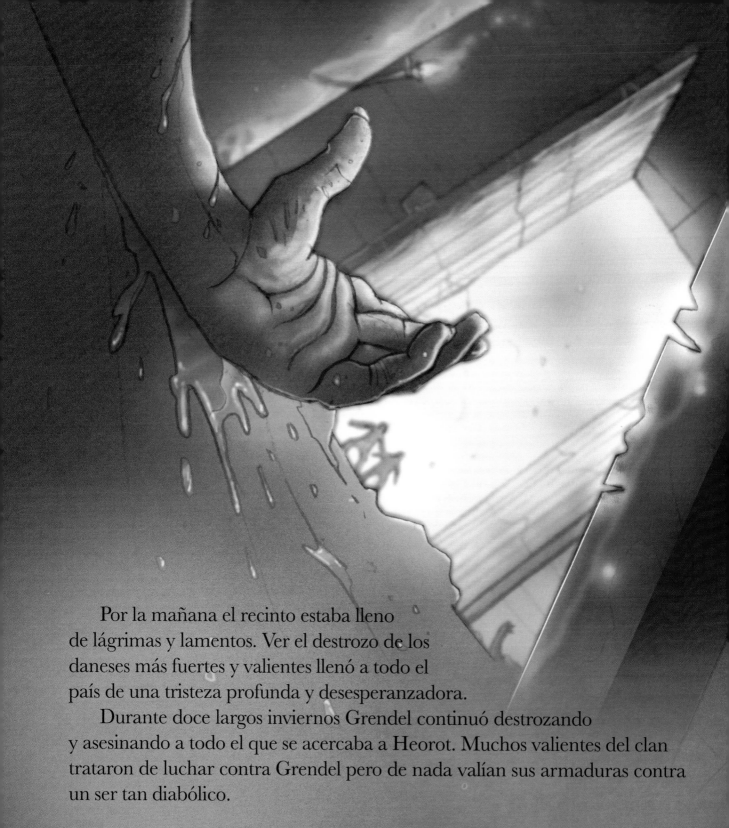

Por la mañana el recinto estaba lleno
de lágrimas y lamentos. Ver el destrozo de los
daneses más fuertes y valientes llenó a todo el
país de una tristeza profunda y desesperanzadora.
 Durante doce largos inviernos Grendel continuó destrozando
y asesinando a todo el que se acercaba a Heorot. Muchos valientes del clan
trataron de luchar contra Grendel pero de nada valían sus armaduras contra
un ser tan diabólico.

In the morning the hall was filled with weeping and grieving. The sight of the
carnage of the strongest and bravest Danes filled the land with a deep despairing sadness.
 For twelve long winters Grendel continued to ravage and kill any who came near
Heorot. Many a brave clansman tried to do battle with Grendel, but their armour was
useless against the evil one.

Los relatos de los terribles destrozos de Grendel llegaron a sitios muy lejanos. Así alcanzaron a Beowulf, el soldado más noble y poderoso de su gente, quien juró destruir al monstruo diabólico.

The stories of the terrible deeds of Grendel were carried far and wide. Eventually they reached Beowulf, the mightiest and noblest warrior of his people. He vowed that he would slay the evil monster.

Beowulf zarpó con catorce de sus guerreros más fieles hacia las orillas de Dinamarca. Al acercarse los guardas de la costa les detuvieron diciendo: "¡Deteneos atrevidos! ¿Quién osa acercarse a estas costas?"

"Soy Beowulf. Vengo a la tierra de Hrothgar a luchar contra Grendel. Date prisa y llévame ante tu rey" – ordenó.

Beowulf sailed with fourteen of his loyal thanes to the Danish shore. As they landed the coastal guards challenged them: "Halt he who dares to land! What is thy calling upon these shores?"

"I am Beowulf. I have ventured to your lands to fight Grendel for your king, Hrothgar. So make haste and take me to him," he commanded.

Beowulf llegó hasta Heorot y observó el desolado paisaje donde, en algún lugar, estaba Grendel. Con el corazón lleno de coraje entró al recinto.

Beowulf arrived at Heorot and surveyed the desolate landscape. Grendel was somewhere out there. With resolve in his heart he turned and entered the hall.

Beowulf se presentó ante el rey. "Hrothgar, verdadero y noble rey de los daneses, te hago esta promesa: Te libraré del diabólico Grendel."

"Beowulf, tengo conocimiento de tus hazañas y de tu fortaleza, pero nunca te has enfrentado a un ser tan fuerte como Grendel," – respondió el rey.

"Hrothgar, no sólo lucharé contra él y lo venceré, sino que lo haré con mis propias manos," – le aseguró Beowulf al rey. Muchos pensaron que esto no era más que bravuconería porque no habían oído nada sobre su extraordinaria fuerza y sus hazañas.

Beowulf presented himself to the king. "Hrothgar, true and noble King of the Danes, this is my pledge: I will rid thee of the evil Grendel."

"Beowulf, I have heard of your brave deeds and great strength but Grendel is stronger than any living being that you would ever have encountered," replied the king.

"Hrothgar, I will not only fight and defeat Grendel, but I will do it with my bare hands," Beowulf assured the king. Many thought that this was an idle boast, for they had not heard of his great strength and brave deeds.

Esa misma noche Beowulf y sus soldados más leales
durmieron en el recinto.

That very night Beowulf and his most trusted warriors
lay down to sleep in the great hall.

Con la caída del sol Grendel se acercó al recinto sin percatarse de que esa noche no podría satisfacer su sed de sangre.

Grendel irrumpió en el recinto, sacó a un soldado del lecho en el que dormía, le partió el cuello, bebió su sangre y lo echó a un lado.

As the light dimmed, Grendel made his way across the marshy ground to the hall not realising that tonight his bloodthirsty cravings would not be satisfied.

Grendel burst into the hall. He wrenched a warrior from his bench, snapped his neck and drank his blood, and then tossed him aside.

Se acercó al segundo lecho y echó mano del hombre. Cuando
sintió la mano de Beowulf se dio cuanta de que se enfrentaba a un
poder tan grande como el suyo.

He moved on to the next bench and grabbed that man. When he felt
Beowulf's grip he knew that he had met a power as great as his own.

"¡Basta ya, criatura diabólica!"
- ordenó Beowulf - "Lucharé contigo hasta
la muerte. El bien vencerá."
Grendel se abalanzó para agarrar al soldado por el cuello
pero Beowulf le cogió del brazo. Estaban entrelazados en un combate mortal.
Ambos deseosos de derrotar al otro. Finalmente, con un tirón extraordinario
y haciendo uso de todo su poder, Beowulf le arrancó un brazo a Grendel.

"No more, you evil being!" commanded Beowulf. "I shall fight you to the death.
Good shall prevail."
Grendel lunged forward to grab the warrior's throat but Beowulf grabbed his arm.
Thus they were locked in mortal combat. Each was seething with the desire to kill the
other. Finally, with a mighty jerk, and using all the power within him, Beowulf ripped
Grendel's arm off.

Un grito ensordecedor atravesó la calma de la noche mientras Grendel se alejaba dejando un río de sangre. Así cruzó la ciénaga cubierta de neblina y llegó a su cueva bajo las turbias aguas donde murió.

A terrible scream pierced the night air as Grendel staggered away, leaving a trail of blood. He crossed the misty marshes for the last time, and died in his cave beneath the dark blue murky waters.

Beowulf alzó el brazo para que todos pudieran verlo y proclamó: "Yo, Beowulf, he vencido a Grendel. ¡El bien ha derrotado al mal!"

Cuando Beowulf le presentó el brazo de Grendel a Hrothgar, el rey se llenó de regocijo y dio las gracias. "Beowulf, el más grande de los hombres, a partir de este día te querré como a un hijo y te daré muchas riquezas."

Se organizó una gran fiesta para esa misma noche para celebrar la derrota de Grendel.

Pero la celebración fue prematura.

Beowulf lifted the arm above his head for all to see and proclaimed: "I, Beowulf have defeated Grendel. Good has triumphed over evil!"

When Beowulf presented Hrothgar with Grendel's arm the king rejoiced and gave his thanks: "Beowulf, greatest of men, from this day forth I will love thee like a son and bestow wealth upon you."

A great feast was commanded for that night to celebrate Beowulf's defeat of Hrothgar's enemy.

But the rejoicing came too soon.

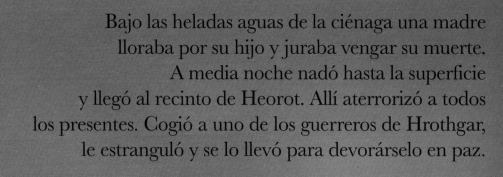

Bajo las heladas aguas de la ciénaga una madre
lloraba por su hijo y juraba vengar su muerte.
A media noche nadó hasta la superficie
y llegó al recinto de Heorot. Allí aterrorizó a todos
los presentes. Cogió a uno de los guerreros de Hrothgar,
le estranguló y se lo llevó para devorárselo en paz.

Todos habían olvidado que Grendel tenía madre.

Under the deep blue chilling waters a mother mourned her
son and vowed to avenge his death. In the middle of the
night, she swam to the surface and made the journey to
the hall of Heorot. Here she terrorised those within.
She grabbed one of Hrothgar's warriors, wrung
his neck and ran off to devour him in peace.

All had forgotten that Grendel had a mother.

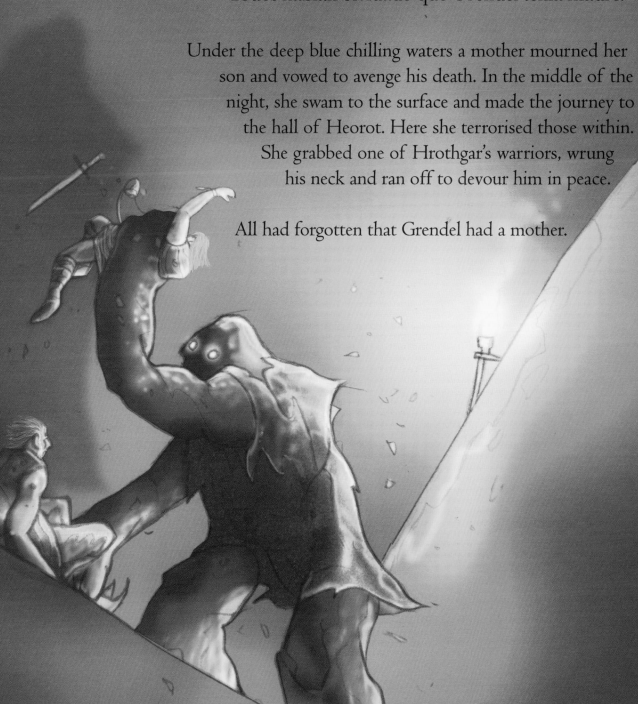

Una vez más Heorot se inundó de lamentos, y de rabia.

Hrothgar ordenó que Beowulf fuera a su aposento donde una vez más Beowulf prometió luchar: "Iré y venceré a la madre de Grendel. Estas muertes deben acabar." Con esas palabras congregó a sus catorce guerreros y se marchó en dirección a la guarida de Grendel.

Once more Heorot was filled with the sound of mourning, but also of anger.

Hrothgar summoned Beowulf to his chamber, and once more Beowulf pledged to do battle: "I will go and defeat Grendel's mother. The killing has to stop." With these words he gathered his fourteen noble warriors and rode out towards Grendel's watery home.

Siguieron el rastro del monstruo a través de la ciénaga hasta llegar a un precipicio donde un horroroso espectáculo les dio la bienvenida: a orillas de las aguas manchadas de sangre colgaba de un árbol la cabeza del guerrero asesinado.

They tracked the monster across the marshes until they reached some cliffs. There a terrible sight met their eyes: the head of the slain warrior hanging from a tree by the side of the blood stained waters.

Beowulf desmontó su caballo y se puso su armadura. Con su espada en mano se lanzó a las turbias aguas. Nadó durante muchas horas, cada vez más profundamente, hasta que llegó al fondo. Allí se enfrentó a la madre de Grendel.

Beowulf dismounted from his horse and put on his armour. With sword in hand he plunged into the gloomy water. Down and down he swam until after many an hour he reached the bottom. There, he came face to face with Grendel's mother.

Ésta se abalanzó a él y, asiéndolo con sus garras le llevó a su cueva. De no ser por la armadura es seguro que Beowulf hubiese muerto.

She lunged at him, and clutching him with her claws, she dragged him into her cave. If it had not been for his armour he would surely have perished.

Una vez dentro de la cueva Beowulf desenfundó su espada y le dio un golpe a la mujer en la cabeza. Pero la espada no dejó siquiera una huella. Beowulf arrojó su espada, agarró por los hombros al monstruo y la tiró al suelo. Pero en ese momento Beowulf se tropezó y el monstruo diabólico sacó una daga y lo hirió.

Within the cavern Beowulf drew his sword, and with a mighty blow struck her on the head. But the sword skimmed off and left no mark. Beowulf slung his sword away. He seized the monster by the shoulders and threw her to the ground. Oh, but at that moment Beowulf tripped, and the evil monster drew her dagger and stabbed him.

Beowulf sintió la punta de la daga contra su armadura pero ésta no le penetró. Inmediatamente Beowulf se dio la vuelta y, mientras se ponía en pie, vio una espada fantástica hecha por los gigantes. Sacó la espada de su funda y con ella le dio un golpe a la madre de Grendel. No pudo resistir el golpe y cayó al suelo, muerta.

La espada se derritió al contacto con la sangre caliente y diabólica.

Beowulf felt the point against his armour but the blade did not penetrate. Immediately Beowulf rolled over. As he staggered to his feet he saw the most magnificent sword, crafted by giants. He pulled it from its scabbard and brought the blade down upon Grendel's mother. Such a piercing blow she could not survive and she fell dead upon the floor.
The sword dissolved in her hot evil blood.

Beowulf miró a su alrededor y se percató de los tesoros acumulados por Grendel. En una esquina estaba su cuerpo sin vida. Beowulf se acercó y le cortó la cabeza.

Beowulf looked around and saw the treasures that Grendel had hoarded. Lying in a corner was Grendel's corpse. Beowulf went over to the body of the evil being and hacked off Grendel's head.

Llevando consigo la cabeza y la empuñadura de la espada, nadó hasta la superficie donde sus compañeros le esperaban ansiosamente. Estos se regocijaron al ver al gran héroe y le ayudaron a quitarse la armadura. Juntos cabalgaron hacia Heorot llevando la cabeza de Grendel en una estaca.

Holding the head and the hilt of the sword he swam to the surface of the waters where his loyal companions were anxiously waiting. They rejoiced at the sight of their great hero and helped him out of his armour. Together they rode back to Heorot carrying Grendel's head upon a pole.

Beowulf y sus valientes guerreros le presentaron la cabeza y la empuñadura de la espada al rey Hrothgar y a su reina.

Esa noche hubo muchos discursos. Primero Beowulf relató su lucha mortal bajo las heladas aguas.

Luego Hrothgar reafirmó su gratitud por toda la ayuda recibida. "Beowulf, amigo leal, hago entrega de estos anillos a ti y tus guerreros. Grande será tu fama por habernos liberado a los daneses de estos monstruos diabólicos. ¡Qué comiencen las fiestas!"

Beowulf and his fourteen noble warriors presented King Hrothgar and his queen with Grendel's head and the hilt of the sword.

There were many speeches that night. First Beowulf told of his fight and near death beneath the icy waters.

Then Hrothgar renewed his gratitude for all that had been done: "Beowulf, loyal friend, these rings I bestow upon you and your warriors. Great shall be your fame for freeing us Danes from these evil ones. Now let the celebrations begin."

Y celebraron de verdad. Quienes estaban en Heorot ese día tuvieron la fiesta más grande de la historia. Comieron y bebieron, bailaron y escucharon leyendas antiguas. De sa noche en adelante pudieron dormir tranquilos en sus camas. Ya no había peligro en ciénaga.

And celebrate they did. Those gathered in Heorot had the biggest feast there had ever been. hey ate and drank, danced and listened to the tales of old. From that night forth they all slept ndly in their beds. No longer was there a danger lurking across the marshes.

Después de unos días Beowulf y sus hombres zarparon hacia su tierra. Cargados de regalos, y seguros de la amistad entre los Geats y los daneses, regresaron a sus casas.

Y, ¿qué pasó con Beowulf, el mejor y más noble de los Geats? Tuvo muchas más aventuras y luchó con muchos monstruos.

Pero esa es otra historia, a ser contada otro día.

After a few days Beowulf and his men prepared to set sail for their homeland. Laden with gifts and a friendship between the Geats and the Danes they sailed away for their homes.

And what became of Beowulf, the greatest and noblest of Geats? He had many more adventures and fought many a monster.

But that is another story, to be told at another time.